57

id 551.

DE L'ÉTAT SANITAIRE

Du département de la Seine-Inférieure, en 1866,

ET PARTICULIÈREMENT DE

L'ÉPIDÉMIE DU CHOLÉRA

Rapport présenté à M. le Préfét

LE 24 MARS 1867,

Et lu au Conseil central d'Hygiène dans sa séance du 6 avril,

PAR

M. LE Dr VINGTRINIER,

Médecin des épidémies,

Vice-Président du Conseil central d'Hygiène et de Salubrité, etc.,

Chevalier de la Légion-d'Honneur.

ROUEN,

IMPRIMERIE DE H. BOISSEL,

Rue de la Vicomté, n° 55.

1867.

DE L'ÉTAT SANITAIRE

Du département de la Seine-Inférieure, en 1866,

ET PARTICULIÈREMENT DE

L'ÉPIDÉMIE DU CHOLÉRA,

Rapport présenté à M. le Préfet le 24 mars 1867,

Et lu au Conseil central d'Hygiène dans sa séance du 6 avril,

PAR M. LE Dr VINGTRINIER ,

Médecin des épidémies ,
Vice-Président du Conseil central d'Hygiène et de Salubrité, etc.,
Chevalier de la Légion-d'Honneur.

---

§ I. — ETAT SANITAIRE EN GÉNÉRAL.

Une mesure prise en 1865, pendant le cours de l'épidémie désastreuse de variole , par M. le Sénateur-Préfet de la Seine-Inférieure , a rendu facile le tableau des atteintes portées à la santé publique pendant l'année 1866.

Chaque médecin des épidémies, appréciant l'utilité de cette mesure, surtout en temps de mortalité anormale , a envoyé, à la fin de chaque trimestre, à M. le Sous-Préfet de son arrondissement , un rapport succinct sur les maladies qui avaient été observées.

Ces rapports ont été réunis au chef-lieu du département, siége du Conseil central d'hygiène et de salubrité. De ces rapports intéressants, qui exposent très brièvement ce que tous les médecins ont observé dans la santé publique , il résulte que, pendant l'année 1866, à part le fléau épidémique qui a paru chez nous pour la quatrième fois, les cinq arrondissements qui composent le département de la Seine-Inférieure ont été soumis aux mêmes causes géné-

rales et locales qui, chaque année, affligent les populations dans leur santé et les obligent au tribut imposé par
la nature.

Maladies ordinaires. Les mêmes effets devaient naître de ces mêmes causes,
et ce sont les maladies ordinaires que les médecins ont vues
se succéder, suivant les saisons, les modifications atmosphériques, les constitutions médicales, les conditions
hygiéniques générales et particulières.

Rougeole. Dans le dernier mois de 1865 et dans les deux premiers
mois de 1866, les médecins ont observé un assez grand
nombre de rougeoles par agglomération, à Rouen surtout.

Des scarlatines ont été souvent rencontrées, au Havre
particulièrement.

Fièvre typhoïde. La fièvre typhoïde a été observée pendant toute l'année
1866 dans toutes les localités du département. Toutefois,
on peut croire que l'opinion souvent produite sur le nombre
croissant de cette maladie n'est pas fondée ; en voici la
raison : la nosologie a changé les dénominations, et elle
a rapporté à un seul type, des maladies qui portaient autrefois des noms différents, suivant la prédominance de tels
ou tels symptômes qui continuent d'être observés, car
la nature ne change pas. Sous le nom, adopté maintenant
et devenu vulgaire, de fièvre typhoïde, on comprend les
anciennes fièvres putride, bilieuse, adynamique, muqueuse,
ataxique ; la fièvre typhoïde était très probablement aussi
fréquente autrefois, sous d'autres noms, qu'aujourd'hui
sous un seul, et les améliorations introduites dans l'hygiène des grandes villes surtout, peuvent fonder à croire
qu'elles sont moins nombreuses.

Les rapports trimestriels de MM. les médecins des épidémies indiquent que les maladies intestinales, entérite, diarrhée, dyssenterie, etc., ont été nombreuses, surtout chez les enfants.

Les maladies des organes respiratoires ont été provoquées, comme toujours, par la transition d'une saison à l'autre, et par les variations atmosphériques qui ont été plus fréquentes que d'ordinaire ; les saisons ont été généralement pluvieuses, et les bronchites, les pleurésies, les pneumonies, se sont produites en nombre considérable, surtout dans les campagnes.

Ces variations brusques ont également occasionné des affections rhumatismales, et, chez les enfants, un grand nombre de coqueluches et de croups. La mortalité des enfants surprend toujours par son chiffre ; on la remarque davantage en ce moment, sans qu'elle soit, à notre avis, plus grande.

Mortalité des enfants.

En définitive, à considérer l'état sanitaire dans son ensemble, le département de la Seine-Inférieure n'aurait eu à souffrir, en 1866, que des choses ordinaires et inévitables, si le choléra n'était venu affliger notre population pour la quatrième fois. Ce fléau a été l'objet de la préoccupation de tous les médecins, et il a semé l'inquiétude dans les familles pendant toute l'année 1866. Nous allons exposer quelle a été l'étendue du mal causé par ce mystérieux toxique.

§ II. — Choléra épidémique, 1865 et 1866.

L'année 1865 s'est terminée en laissant la santé publique dûrement éprouvée par l'épidémie de variole, et menacée par cette autre , non moins redoutable, qui s'abattait sur toutes les contrées du globe.

Apparition à Marseille, en juin 1865.

En France , c'est à Marseille que les premiers cas de choléra ont été observés. Le remarquable travail de notre savant confrère M. le Dr Seux , dit positivement : « qu'il « ne peut rester aucun doute sur l'origine du choléra de « 1865 ; il a été importé à Marseille , au mois de juin , « par les provenances d'Alexandrie. Les autres villes de « la France n'ont été atteintes qu'après de nombreuses « communications entre elles et Marseille (1). »

Apparition à Paris en septembre, à Amiens en novembre.

On sait que le choléra a fait son apparition à Paris pendant les chaleurs des premiers jours de septembre 1865, et à Amiens en novembre de la même année. Quoique à la même distance de Paris et d'Amiens , ce n'est qu'en janvier 1866 que le choléra a paru en certain nombre a Rouen.

Premiers cas à Rouen pendant les derniers mois de 1865.

L'épidémie a donc figuré en France pendant le cours des deux années 1865 et 1866, mais le département de la Seine–Inférieure était réservé pour cette dernière. Cependant, quelques cas ont été observés au Havre, à Dieppe et à Rouen pendant les derniers mois de 1865 (rapports de MM. Lecadre et Lallemant). En juillet, M. le Dr Hélot a

(1) Il est probable que ces communications furent en effet des moyens de propagation ; remarquons cependant combien de villes, en rapports journaliers par les personnes et par les choses avec des villes contaminées, ont été épargnées ; par exemple Fontainebleau et Versailles, si voisines de Paris ; Neufchâtel-en-Bray et tout son arrondissement, qui sont continuellement en rapport avec Rouen et avec Amiens.

visité un cholérique à Rouen, dans la rue du Val-d'Eau-plet (voisine de la Seine), et six autres cas m'ont été indiqués en octobre, en novembre et en décembre par MM. les Dⁱⁱ Daubeuf, Leudet, Crouzet et Ducrot.

Le 11 octobre, deux détenus de la prison ont été atteints pendant la nuit, à la même heure, dans un dortoir renfermant cinquante condamnés et au milieu d'une population de plus de sept cents prisonniers, hommes et femmes : ils ont été les seuls malades, et, en 1866, nul n'a été atteint, ni dans la maison de détention, ni dans l'asile des aliénés de Saint-Yon, qui réunit près de mille personnes, quoique ces deux établissements, très rapprochés l'un de l'autre, confinent le faubourg Saint-Sever, qui a compté beaucoup de victimes. **A la prison.**

Pendant les derniers mois de 1865, il n'y eut donc pas dans la ville un nombre suffisant de cas de choléra pour qualifier l'épidémie. On a seulement observé dans la population beaucoup de symptômes intestinaux : état saburral, borborygmes, inappétences, diarrhées. C'était un avertissement et une menace. En effet, l'ennemi était à Paris et à Amiens; c'est-à-dire que nous nous trouvions entre deux foyers, situés chacun à trente lieues de nous. **Signes précurseurs de l'épidémie.**

En janvier, plusieurs cas prouvèrent l'arrivée du mal épidémique : au 1ᵉʳ janvier, un cas fut constaté par plusieurs praticiens, et six autres cas lui succédèrent pendant le mois. Le caractère épidémique n'était plus douteux. **Invasion épidémique à Rouen.**

Nous dirons tout de suite que nous avons cherché à suivre la marche du fléau pour reconnaître son caractère **Marche irrégulière.**

contagieux, soit dans là proximité des maisons ou des communes contaminées, soit dans le rapprochement des personnes atteintes ou ayant habité les lieux infestés , soit encore dans la coïncidence des dates au début; mais nos recherches ont été vaines ; la marche fut irréguliére, ou plutôt il n'y en eut pas. Le toxique semblait tomber comme tombent la foudre et la grêle, çà et là. Il est vrai que les localités qui ont eu le malheur de recevoir ces germes malfaisants, présentaient des conditions anti-hygiéniques favorables au développement de toutes les maladies épidémiques ; mais combien d'autres localités pareilles ont été épargnées !

Il a été reconnu chez les victimes du fléau que la débilité, naturelle ou acquise par les *privations* et par les abus, était une condition favorable au développement du mal ; mais ce qui a été le plus remarqué, ici, comme partout, c'est la facilité que les abus alcooliques offraient au développement du mal qui souvent alors devenait foudroyant.

Pour plus de netteté dans l'exposition que nous avons à faire, nous réunirons aux notes prises par nous sur les lieux, les renseignements que nous avons reçus directement de nos confrères et les rapports qui ont été adressés à Monsieur le Préfet, notamment ceux de MM. Dumesnil, de Quatremares ; Alfred Vy, d'Elbeuf ; Lecadre, du Havre ; Vautier, de Oissel. Nous devons aussi à l'obligeance de M. Maupas, directeur des hôpitaux de Rouen, le chiffre des entrées, sorties et décès, qui se sont effectués dans ces deux établissements.

Nous commencerons par la statistique générale ; nous la trouverons confirmative de la nôtre, dans un tableau dressé par les soins de M. de Bechevel, chef de la division

Localités prises.

Les faibles.

Les ivrognes.

du secrétariat à la Préfecture, arrondissement par arrondissement et commune par commune.

Pour la ville de Rouen, un cadre spécial a été rempli, chaque semaine, par les soins de MM. les commissaires de police, chacun pour sa circonscription, et tous ces renseignements ont été remis au commissaire central, M. Girard, qui nous les a obligeamment communiqués.

Nous allons trouver, dans ces tableaux, les éléments des réponses aux questions qu'il peut être intéressant d'élucider par la statistique.

§ III. — Statistique générale.

A Rouen, dont la population est de 102,649 habitants, suivant le recensement de 1866, il y a eu 350 personnes atteintes, et sur ce nombre, 251 décès.

Rouen,
102,649 habitant
Cas
de choléra, 350.
Décès , 251.

L'épidémie a duré onze mois ; en suivant sa marche numérique, on trouve :

Durée
de l'épidémie :
11 mois.

Janvier	6	6
Février	51	33
Mars	12	7
Avril	27	20
Mai	28	19
Juin	51	40
Juillet	92	70
Août	29	20
Septembre . . .	30	20
Octobre	12	10
Novembre . . . . Décembre	12	6
	350	251

Sexes.

Enfance.

Sur les 350 personnes atteintes, on en compte 185 du sexe masculin, et 165 du sexe féminin ; les enfants, de la naissance à 15 ans, entrent pour 50 dans ce nombre de 350 cholériques ; il y en a eu au berceau (1).

Les deux hôpitaux ont reçu 208 malades, 76 sont guéris, 132 sont décédés (c'est 34 p. 0/0), 142 sont restés en ville à domicile, où 121 sont morts.

En constatant que sur 142 cholériques qui n'ont pas été admis dans les hôpitaux, 121 sont morts, on peut être tout d'abord surpris de cette proportion effrayante, mais en réfléchissant que certains malheureux ont été pris comme par un coup de foudre — d'autres ont été tout de suite pris de crampes, et dans l'impossibilité d'être transportés, d'autres placés dans une position à se procurer des soins chez eux, n'ont pas voulu aller à l'hospice.

Sans ces circonstances, c'est-à-dire si tous les cholériques étaient restés à domicile ou tous admis dans les hôpitaux, la proportion eût été différente.

Points de la ville qui ont le plus souffert.

Le tableau de la police a indiqué les rues où demeuraient les 350 malades ; on en compte 98. En distinguant les

(1) Le compte très-exact des personnes qui ont subi l'influence cholérique ne peut pas être connu, aussi pouvons-nous dire que les chiffres indiqués ici sont loin d'être exagérés.

Un certain nombre de personnes ont subi les symptômes du choléra, sans les réunir tous, et ont été néanmoins très malades. Tel a été, entre autres, notre excellent confrère M. le Dr Descamps, qui a été pris, dans le milieu de la nuit du 6 mars, de vomissements et d'évacuations caractéristiques, de refroidissement, de crampes, d'absence d'urines, sans cyanose; il n'avait pas eu la diarrhée prémonitoire.

Deux jours après, M. Descamps a pu sortir malgré une grande faiblesse; la calorification ne s'était pas encore rétablie. — Il n'avait pas visité de cholériques.

rues de la rive droite de la Seine de celles de la rive gauche, les rues le plus souvent indiquées sont les suivantes :

1° Rive droite, côté principal de la ville ;

Rue Martainville. .	19 cas.
— du Ruissel.. .	11
— des Arpents. .	12
— de la Chèvre. .	10
— de la Glos. . .	9
— Saint-Marc.. .	4
— du Chaudron .	4
— Eau de Robec .	5
— des Poulies. .	6
— des Ravisés .	3
— du roi Priant .	3

Toutes ces rues sont comprises dans un cercle formé par le cours de la rivière Robec ; leur réunion est appelée le *Bas quartier*. Il est habité par la classe pauvre ou mal tenue ; la partie de la ville supérieure à ce cercle n'a eu qu'une vingtaine de cas.

Leur réunion est appelée le *bas-quartier*, il est habité par la classe pauvre ou mal tenue.

2° Sur la Seine et aux abords, on a compté 41 cas.

Dans les navires 9
Grande et petite Chaussée.. 18
Quai des Curandiers. . . . 3
Ile Lacroix. 7
Avenue du Mont-Riboudet . 4 au n° 81, seulement.

3° Sur la rive gauche de la Seine, dans le faubourg Saint-Sever, on remarque que c'est la partie éloignée du fleuve, la partie méridionale, qui a compté le plus grand nombre de cas. Les rues les plus maltraitées sont les suivantes :

Rue Lécuyer. . . . . 21 cas.

Ces 21 cas ont tous été observés dans un seul tènement habité par plusieurs familles.

Rue des Brouettes. 13

— Saint-Julien, qui touche la rue Lécuyer. 11

Il est remarquable qu'il existe tout près de la rue Lécuyer à la fin *sud* de la rue Saint-Julien, un grand cloaque chargé de recevoir les eaux de plusieurs rues.

Aucun voisin de ce lieu infect n'a pris le choléra.

Rue Fossés-Saint-Yves. 11

— Saint-Sever 10

— Bonne-Nouvelle. 4

— des Emmurées 4

Sur le total de 98 rues contaminées, les 25 rues que je viens de nommer ont donc fourni 257 cas; les 93 autres cas se sont répartis entre 73 autres rues.

Le tableau de M. Girard indique le nom des médecins qui ont visité les malades.

Le plus grand nombre des cholériques ont été vus par MM. Boudin, Apvrille, Ducrot, Lefèvre, qui résident sur la rive gauche de la Seine,

Et sur la rive droite, par MM. Murelle, Leroy, Daubœuf, Crouzet, Gaillard.

Les médecins des hôpitaux, MM. Leudet, Caneaux, Hélot, Gressent, ont eu à soigner la plus grande partie des cholériques, qui a été prise, en effet, parmi les gens du peuple, incapables de se soigner dans le domicile ; il y en a eu 208 ; 142 n'ont pas quitté leur demeure.

M. Varambaut, commissaire de police du faubourg Saint-Sever, a eu beaucoup de peine dans son quartier; il a été admirablement secondé par son agent nommé Personne; j'ai entendu M. le Préfet, dans une visite qu'il a faite le 1er juillet dans ce quartier, féliciter en termes bien honorables cet homme bienfaisant autant que zélé.

On peut s'estimer heureux de ne pas compter un plus grand nombre de victimes (251), dans une ville où tant de causes d'insalubrité sont accumulées par le nombre des habitants, par la mauvaise tenue de beaucoup de maisons, par la misère ou par le désordre dans lesquels vivent tant de malheureux. Si cette dernière épidémie a fait un moins grand nombre de victimes que chacune des deux premières, il est permis d'attribuer la différence aux larges ouvertures qui, depuis trois ans, favorisent, dans notre ville, une immense circulation d'air et de lumière. La destruction de toutes ces masures qui formaient des rues étroites et sales, a entraîné la disparition des odeurs infectes qui caractérisaient spécialement le quartier des tanneurs et des mégissiers, dit quartier de la Renelle.

État hygiénique de la ville.

Grâces en soient rendues à l'édilité de notre ville.

Pendant les mois de janvier, de février et de mars, Rouen a seul subi le fléau, et ce n'est qu'à partir d'avril que nous voyons le choléra envahir les arrondissements, celui de Neufchâtel excepté; quoique deux malades, venus d'Amiens à Neufchâtel, y périrent, ils furent les seuls; le mal épidémique ne s'y propagea pas.

Invasion du choléra dans les arrondissements, en avril.

§ III. — LE CHOLÉRA DANS LES ARRONDISSEMENTS :

Tableau indiquant, mois par mois, le développement du Choléra dans les communes; — la durée de son séjour et sa marche irrégulière.

DATE du DÉBUT.	DATE de la FIN.	COMMUNES.	CANTONS.	ARRONDIS-SEMENTS.	NOMBRE DE CAS.	DURÉE de l'influence cholérique.
1er janv.	30 nov.	Rouen...	Rouen...	Rouen.	350	11 mois.
15 avril.	12 sept.	Saint-Aubin-Epinay..	Boos.	Rouen.	4	6 mois.
20 avril.	15 juill.	Barentin..............	Pavilly....	Rouen.	2	5 mois.
26 avril.	1er août.	Duclair.,..............	Duclair........	Rouen.	9	6 mois.
2 mai.	19 août.	Petit-Couronne.........	Grand-Couronne.	Rouen.	7	4 mois.
7 mai.	8 mai.	Berville............. ...	Duclair........	Rouen.	1	1 mois.
20 mai.	21 sept.	Darnétal	Darnétal.	Rouen.	11	5 mois.
juin.		Aucun cas dans le département, si ce n'est à Rouen.				
10 juill.	17 juill.	Grèges...............	Offranville.....	Dieppe.	2	7 jours.
10 juill.	15 juill.	Petit-Quevilly..........	Grand-Couronne.	Rouen.	10	5 jours.
11 juill.	24 juill.	Maromme.............	Maromme.	Rouen.	11	12 jours.
18 juill.	19 juill.	St-Léger-du-Bourg-Denis. .	Darnétal........	Rouen.	2	1 jour.
18 juill.	19 juill.	Sainte-Marguerite..	Duclair.........	Rouen.	1	1 jour.
19 juill.	15 sept.	Saint-Pierre-Varengeville..	Duclair....... .	Rouen.	4	2 mois.
19 juill.	28 sept.	Villers-Écalles...........	Duclair........	Rouen.	3	2 mois.
22 juill.	25 juill.	Sotteville-lès-Rouen.....	Grand-Couronne.	Rouen.	2	3 jours.
22 juill.	12 sept.	Saint-Paer..	Duclair.........	Rouen.	3	2 mois.
22 juill.	24 juill.	Notre-Dame-de-Bondeville.	Maromme..	Rouen.	2	2 jours.
23 juill.	21 oct.	Oissel........., ...	Grand-Couronne.	Rouen.	29	3 mois.
23 juill.	9 nov.	Elbeuf....	Elbeuf........	Rouen.	319	4 mois.
23 juill.	23 nov.	Caudebec-lès-Elbeuf.	Elbeuf.......	Rouen.	128	4 mois.
25 juill.	5 sept.	Orival....	Elbeuf.....	Rouen.	105	2 mois.
25 juill.	12 sept.	Blosseville-Bonsecours.....	Boos...........	Rouen.	4	2 mois.
1er août.	28 nov.	Havre............., ...	Havre..	Havre.	352	3 mois.
4 août.	2 déc.	Lillebonne.......	Lillebonne... ...	Havre	356	4 mois.
6 août.	31 oct.	Bolbec.............	Bolbec........ ...	Havre.	36	3 mois.
10 août.	9 sept.	St-Aubin-Jouxte-Boulleng..	Elbeuf..........	Rouen.	4	1 mois.
10 août.	21 août.	Cléon....	Elbeuf...	Rouen.	2	10 jours.
11 août.	9 sept.	Amfreville-la-Mîvoie.... ...	Boos...........	Rouen.	5	1 mois.
16 août.	25 août.	Grand-Quevilly...	Grand-Couronne.	Rouen.	4	8 jours.
17 août.	30 août.	Tourville-la-Rivière.......	Elbeuf........	Rouen.	20	15 jours.
20 août.	8 nov.	Fécamp.............	Fécamp.........	Havre.	133	3 mois.
24 août.	7 nov.	Saint-Valery...	Saint-Valery....	Yvetot.	141	3 mois.

(Un autre document dit 160 cas, dont 113 décès).

DATE du DÉBUT.	DATE de la FIN.	COMMUNES.	CANTONS.	ARRONDIS-SEMENTS.	NOMBRE DE CAS.	DURÉE de l'influence cholérique.
1er sept.	30 sept.	Eu........................	Eu............	Dieppe.	15	1 mois.
1er sept.	20 sept.	Ouville-la-Rivière........	Offranville.......	Dieppe.	6	1 mois.
2 sept.	27 sept.	Bellangreville...........	Envermeu......	Dieppe.	6	1 mois.
3 sept.	10 oct.	Veules...................	Saint-Valery....	Yvetot.	85	2 mois.
4 sept.	16 sept.	Pavilly	Pavilly.........	Rouen.	10	15 jours.
9 sept.	12 sept.	Sainte-Austreberthe.......	Pavilly.........	Rouen.	10	3 jours.
15 sept.	30 oct.	Lafrenaye................	Lillebonne......	Havre.	8	45 jours.
15 sept.	17 sept.	Lestanville..............	Bacqueville.....	Dieppe.	1	1 jour.
17 sept.	20 sept.	Le Trait.................	Duclair.........	Rouen.	1	1 jour.
21 sept.	21 nov.	Dieppe...................	Dieppe.........	Dieppe.	30	2 mois.
21 sept.	5 oct.	Freneuse.................	Elbeuf	Rouen.	5	15 jours.
25 sept.	26 sept.	Le Tréport...............	Eu.............	Dieppe.	1	1 jour.
26 sept.	8 nov.	Saint-Pierre-lès-Elbeuf....	Elbeuf........	Rouen.	79	2 mois.
26 sept.	27 nov.	Grainville-la-Teinturière....	Cany..........	Yvetot.	24	2 mois.
28 sept.	23 oct.	Paluel....................	Cany..........	Yvetot.	3	1 mois.
28 sept.	13 nov.	Vittefleur...............	Cany..........	Yvetot.	70	2 mois.
28 sept.	14 nov.	Neuville.................	Dieppe........	Dieppe.	14	45 jours.
1er oct.	12 oct.	Cany.....................	Cany..........	Yvetot.	9	12 jours.
1er oct.	1er oct.	Mauny....................	Duclair........	Rouen.	1	1 jour.
8 oct.	10 oct.	Ancourt..................	Offranville.....	Dieppe.	2	2 jours.
16 oct.	31 oct.	Saint-Maurice............	Lillebonne.....	Havre.	5	15 jours.
11 oct.	20 oct.	Petitville...............	Lillebonne.....	Havre.	2	10 jours.
15 oct.	30 oct.	Notre-Dame-de-Gravenchon.	Lillebonne......	Havre.	6	15 jours.
16 oct.	31 oct.	Saint-Jean-de-Folleville....	Lillebonne.....	Havre.	6	15 jours.

Ce tableau indique 56 communes visitées par le choléra dans notre département, savoir :

32 Pour l'arrondissement de Rouen ;

9 Pour celui de Dieppe ;

9 Pour celui du Havre ;

6 Pour celui d'Yvetot.

Celui de Neufchâtel fut préservé comme en 1854.

Ces 56 communes ont eu 2,451 malades :

Pour le sexe masculin....... 1,225

— féminin....... 1,226

Total...... 2,451

OBSERVATION.

Ainsi qu'on le voit :

1° La durée de l'influence cholérique a varié beaucoup ;

2° Le développement de cette influence s'est fait en même temps sur des localités éloignées les unes des autres.

Le but de ce tableau était de faire ressortir cette circonstance.

Sur ce nombre de 2,451 cholériques, il y eu 1,419 décès :

Pour le sexe masculin. 695
— féminin 724
Total. 1,419

Nous avons dit que Rouen possède 102,649 habitants ; la population de son arrondissement est de 274,672, et celle des cinq arrondissements ensemble, est de 792,786.

De même qu'à Rouen, les mois plus chargés dans les communes du département, ont été avril, juillet, août et septembre.

Juin exonéré. Hormis à Rouen, le mois de *juin* n'a pas fourni un seul cas dans le département ; cependant, les transitions atmosphériques y ont été partout aussi brusques. On ne peut tirer de cette observation aucune conséquence pathogénique ; c'est un fait.

Nombre des cholériques dans chaque commune. Parmi les 56 communes atteintes, celles qui ont le plus souffert ont compté le nombre de cas suivants :

Lillebonne. 356
Havre. 352

Rouen 350
Elbeuf 319
Saint-Valery 141 (1)
Fécamp 133
Caudebec-lès-Elbeuf 128
Orival 105
Veules 85
Saint-Pierre-lès-Elbeuf 79
Vittefleur 70
Bolbec 36
Dieppe 30
Oissel 29 (2)
Tourville-la-Rivière 20

Le tableau statistique de la Préfecture indique, quant aux âges des malades, les chiffres suivants : Tableau selon l'âge des malades.

De 1 jour à 10 ans.	540	288	552
De 10 ans à 20 —	262	149	113
De 21 — 60 —	1364	674	690
De 60 — —	285	114	171
	2451	1225	1526

Le même tableau donne l'indication suivante sur l'âge des malades décédés :

(1) Dans une séance du conseil municipal, M. le maire a signalé à Saint-Valery 160 cas et 113 décès.

(2) Cette malheureuse petite ville de Oissel, qui n'a que 4,000 habitants, paye un tribut à toutes les épidémies ; à la dernière, en 1865, elle a eu 175 cas de variole et 29 décès.

2

	Tableau de l'âge des décédés.			

Tableau de l'âge des décédés.

De 1 jour à 10 ans : 343 164 filles   179 garçons.
— 10 ans à 20 —   96 40 —   56 —
— 21 — 60 —   768 397 femmes 371 hommes.
— 61 —   212 123 —   89 —
                        1419 724   695
                              1,419

Chiffres fournis par les épidémies antérieures, de : 1832, 1849, 1854, 1866.

Il nous a paru intéressant de placer ici, à côté des chiffres fournis par l'épidémie récente, les chiffres fournis par chacune des épidémies antérieures de 1832, de 1849 et de 1854.

Arrondisssements.	1832.		1849.		1854.		1866.	
	Malades	Décès.	Malades	Décès.	Malades	Décès.	Malades	Décès.
Dieppe......	891	488	247	159	55	29	78	53
Havre.......	1,062	519	1,227	364	301	139	904	519
Neufchâtel..	154	94	37	21	»	»	»	»
Rouen.......	3,601	1,472	1,759	954	109	80	1,140	625
Yvetot......	502	231	53	21	21	17	329	224
	6,190	2,804	3,523	1,519	486	265	2,451	1,419

Date et lieu d'invasion dans le département.

L'épidémie de 1832 a commencé en avril, à Rouen, a duré 8 mois.

—   1849   —   novembre 1848, a duré 12 mois.

—   1854   —   mai, à Rouen, a duré 4 mois.

—   1866   —   janvier, à Rouen, a duré 11 mois.

Immunité de l'un des cinq arrondissements.

L'arrondissement de Neufchâtel offre à remarquer dans

les deux premières épidémies du choléra de 1832 et de
1849, une part bien faible, et dans celles de 1854 et de
1866, une exonération complète. A quoi attribuer une
semblable immunité ? Cet arrondissement est un pays de
monts et de vallées, cultivé en prairies ; la terre arable
repose sur une couche argileuse ; elle est conséquemment
toujours humide ; les pâturages y fournissent des herbes
excellentes pour l'élève du bétail et surtout pour la confec-
tion des fromages, dits de Neufchâtel. Le drainage, aujourd'hui répandu dans cette contrée, a dû assainir le pays,
en supprimant les fermentations végétales qui ont lieu dans
les eaux stagnantes. D'autre part, le drainage a augmenté
la végétation dans les prairies trop humides, et il a ajouté
à la qualité des produits ; l'industrie particulière à l'arrondissement de Neufchâtel, y occupe beaucoup de monde ;
il n'y a pas, dans le pays, de misère hideuse ; l'assainissement par le dessèchement des terres et l'aisance par le
travail peuvent faire comprendre comment l'arrondissement de Neufchâtel a échappé au fléau.

§ IV. — Observations générales.

Ainsi que je l'ai dit, l'état sanitaire de chacun de nos arrondissements a été l'objet de rapports particuliers adressés, en leur temps, à l'autorité supérieure qui en a toujours gardé mémoire.

Dans l'arrondissement de Rouen, le rapport de M. le
Dr Alfred Vy a donné l'histoire détaillée du choléra pour le
canton d'Elbeuf. Celui de M. le Dr Dumesnil, médecin-
directeur de l'Asile de Quatre-Mares, a donné l'histoire
du choléra pour le canton de Grand-Couronne et pour la
commune de Oissel. M. Vautier de son côté a fourni trois

documents sur l'état journalier de l'épidémie, ainsi qu'il avait fait pendant l'épidémie de variole de 1865. On ne saurait trop louer son dévouement. Plusieurs autres rapports ont été faits d'urgence dans l'arrondissement de Rouen, par le médecin des épidémies. Ces rapports ont pour dates, 1er juillet et 25, 4 août et 25, 22 septembre, après chacune des visites faites dans les localités les plus inquiétées, sur l'invitation de M. le Préfet ; j'ai eu plusieurs fois l'honneur d'accompagner, dans ces visites, M. le baron Ernest LeRoy, préfet ; M. Genty, secrétaire-général ; M. Girard, commissaire central, et, dans toutes les communes que j'ai visitées, j'ai toujours été accompagné par MM. les maires ou les adjoints et par les médecins, restés constamment en éveil.

Des rapports particuliers ont été faits au début. Dans l'arrondissement du Havre, M. le Dr Lecadre a fait le récit de l'épidémie de Fécamp et de celle du Havre.

M. le Dr Lecoq, médecin des épidémies de l'arrondissement d'Yvetot, a fait connaître l'épidémie de Veules.

L'épidémie de Dieppe et celle de Saint-Valery ont été observées par M. le Dr Lallemant.

Concours de l'autorité. Tous les rapports adressés à M. le Préfet, ont démontré que partout les soins médicaux ont été prodigués aux populations ; le dévoûment des médecins a été à la hauteur de la tâche, et, nous devons le proclamer, ce dévoûment a été secondé par le concours de tous les administrateurs des grandes et des petites localités, de celles qui ont été le plus affligées comme de celles qui l'ont été le moins. Les visites faites aux malheureux malades par nos premiers administrateurs, ont eu partout une très heureuse influence morale, en même temps qu'elles amenaient toujours quelque soulagement à la misère.

Si le zèle des médecins n'a pas trouvé sa récompense dans la guérison d'un plus grand nombre de malades , il a cependant causé beaucoup de bien. Leurs conseils, d'autant mieux écoutés que le péril était plus grand, ont décidé une foule d'améliorations hygiéniques dans les habitations et sur les personnes. Pendant les visites que M. le Préfet a faites à certaines maisons de Rouen, et à quelques-unes des communes du département, il a pu voir, ainsi que MM. les Sous-Préfets dans leur arrondissement, combien de localités ont besoin d'améliorations hygiéniques La crainte de la maladie a fait entreprendre des travaux d'assainissement , jusqu'à présent négligés , dans quelques communes ; il serait prudent et, dans tous les cas, utile de donner suite aux projets conçus dans cette vue. Il ne faut pas oublier que l'ennemi peut sortir de nouveau de son antre mystérieux. — Les rapports de tous nos confrères insistent sur ces nécessités de prévoyance.

Travaux d'assainissement.

Il nous a paru digne de remarque que toutes les contrées du globe ont payé leur tribut, pendant ces deux années 1865 et 1866, à peu près en même temps. Cette simultanéité semble contredire l'opinion de la propagation par contact. Dans tous les cas, on peut croire que le contact est le moindre moyen de propagation , et que l'air vicié se transporte comme les nuages par des courants variables. En effet, il semble que ce miasme, invisible, si ce n'est pour l'esprit, soit tombé au hasard, sans direction appréciable, comme les graines, promenées par le vent et qui germent là où le terrain leur convient. Rien n'est com-

Conditions de propagation.

plètement expliqué dans la marche du fléau, comme dans son apparition, dans sa disparition et dans sa durée.

Influence des exhalaisons terrestres.

Pour nous, il nous semblerait que la matière toxique transportée est susceptible de régénération, quand elle rencontre un terrain favorable, et nous accuserions volontiers les exhalaisons terrestres de chaque localité d'êtres favorables ou réfractaires au miasme cholérique. Les endémies ont pour cause certaine les décompositions végétales ou animales qui se font à la *surface* du sol ou à peu de profondeur. Telles sont les endémies goîtreuses, les endémies paludéennes, la peste égyptienne, le choléra indien, le vomito des Antilles ; ces émanations délétères peuvent trouver, loin de leur lieu d'origine, d'autres émanations terrestres qui en favorisent la reproduction. A l'époque du ou des diluvium, la couche superficielle du globe a été remuée, divisée, lavée, criblée avec des matières animales et végétales, pour constituer le sol arable ; partout encore, dans les villes et dans les plaines, on voit le niveau varier en quelques siècles. Ces fluctuations de la surface mélangent intimement la terre et les débris organiques; l'air les pénètre lentement, et les gaz produits par cette combinaison sortent lentement, mais *sans cesse*. Ces décompositions profondes sont bien prouvées sur certains terrains nouvellement labourés ou crevassés par la chaleur. Il faut les traverser en courant pour échapper à la fièvre intermittente. Exemple les marais Pontins.

Odeur des pays.

L'exhalaison terrestre s'indique même par l'odeur : tous les voyageurs s'accordent à reconnaître une odeur propre à chacun des pays qu'ils ont visités. Dans ses retours sur son passé, à Sainte-Hélène, Napoléon Ier se faisait fort de réconnaître à l'odeur le sol de la Corse ; il n'avait retrouvé cette odeur nulle part, disait-il. Ces émanations terrestres peuvent se prêter plus ou moins au déploiement du miasme cholérique, et il serait fort utile de découvrir quelles sont les conditions favorables au fléau, pour les combattre. Il est déjà reconnu que les émanations des déjections cholériques, à l'état frais, sont inoffensives , et que leur décomposition putride multiplie le miasme. Il convient donc de les dénaturer toujours par quelque désinfectant : c'est là une indication hygiénique fort utile à connaître.

Il n'est pas sans intérêt de remarquer qu'à Rouen l'air imprégné du miasme cholérique s'est trouvé en contact, dans le faubourg Saint-Sever, avec des masses de gaz de toute sorte, provenant de la grande usine à gaz qui éclaire la ville, et de plusieurs fabriques de colle , de savon , de soude et de chlorure de chaux. De cette dernière, l'odeur se fait sentir jusque dans la ville , c'est-à-dire à un demi-kilomètre. Un autre mélange se faisait sur la rive droite de la Seine , vers le milieu du cours du Mont-Riboudet , avec les produits gazeux résultant de l'épuration d'huile de pétrole qui se fait dans un immense établissement. Or, auprès de toutes ces usines ayant leur atmosphère spéciale, il y a eu des cas de choléra. Ni les théories ni les hasards ne mettent sur la voie de l'antidote.

Mélange dans l'air de Rouen des émanations de certaines fabriques.

La cause et le foyer des endémies sont mieux connus, et il est quelquefois possible de les étouffer dans leur gisement. On y a réussi dans certaines localités où les fièvres intermittentes étaient endémiques et devenaient *épidémiques* pour des pays situés à de certaines distances. On a préservé les populations en favorisant l'écoulement des

Destruction du foyer des endémies.

eaux stagnantes. On peut citer la canalisation des marais dans la Basse-Seine et dans la vallée de Paluel. M. Boudin, dans son ouvrage sur la *Nosographie topographique*, a établi que la peste est endémique dans le delta du Nil, comme le choléra dans le delta du Gange. Il ne serait donc pas impossible d'amender le foyer de ces fléaux par la culture, par des travaux hydrauliques, par le drainage et par l'apport de terres saines ou colmatage.

Fait curieux de Martigny. C'est ainsi que s'explique comment l'endémie goîtreuse a disparu de Martigny, en Savoie. D'après le traité écrit sur le goître par le célèbre médecin Fodéré, qui était du pays, de Saint-Jean-de-Maurienne, et qui était goîtreux lui-même, je m'attendais, au moment où je visitai ce pays, en juillet 1850, à rencontrer un grand nombre de goîtreux et de crétins. A ma grande surprise, je n'en trouvai pas. Un habitant m'apprit la cause de cet heureux et curieux changement. A la date du 21 juin 1818, une inondation, causée par la rupture des digues d'un lac supérieur et qui s'éleva, à Martigny, jusqu'à une hauteur de plusieurs mètres, eut pour résultat, après avoir ruiné momentanément le pays, de couvrir son sol marécageux d'un mètre environ de terre saine provenant de localités non goîtreuses. Les habitants ont relevé leurs maisons ; ils ont cultivé, et les voilà sortis de l'apathie qui était endémique chez eux, comme le goître et le crétinisme. Je crus comprendre alors qu'il existe des *terres à goître* et que les émanations du sol ont une action incessante sur l'homme (1).

(1) Lire *Statistique du Goître endémique dans le département de la Seine-Inférieure*, et *Recherches sur l'Etiologie de cette maladie*, mémoires publiés dans les Actes du Conseil d'hygiène, année 1854.

- 25 -

Je ne pourrais étendre mes propres observations sans reproduire dans ce travail les considérations qui accompagnaient mes rapports de 1832, 1849 et 1854, au point de vue des symptômes de la maladie, de son traitement, des mesures et des conseils hygiéniques. Tout a été dit par les médecins les plus savants, et tout est connu des administrateurs (1).

Symptômes.
—
Traitement.

Malheureusement, le remède n'a pas été encore trouvé, et, comme précédemment, les médecins ont agi selon l'indication fournie par les symptômes dominants qu'ils observaient.

Aucune particularité n'a donné lieu d'établir une différence dans les symptômes du choléra de 1866 et ceux qui caractérisaient les précédentes épidémies. La diarrhée prémonitoire a souvent manqué, mais plus souvent elle a précédé l'éclosion du mal.

Cette épidémie, observée particulièrement à Rouen par M. Maupas, le directeur si intelligent de nos deux hôpitaux, lui a fait remarquer, parmi les 208 cholériques qui y sont entrés, l'influence fâcheuse des cabarets qui pullulent dans les quartiers où la maladie s'est abattue.

Plusieurs individus sont entrés et ont été frappés en quelques heures, lorsqu'ils étaient sous l'influence de l'ivresse depuis plusieurs jours.

Notons que les grands établissements dans lesquels des populations nombreuses sont accumulées et qui avaient été éprouvées dans ces précédentes épidémies, ne l'ont pas été en 1866. Les asiles d'aliénés, hommes et femmes, les

(1) Dans l'*Annuaire scientifique* de 1866, pages 365 à 389, en 24 pages, M. le Dr Jules Worms a fait un résumé parfait de tout ce qui a été dit et de tout ce qu'on sait du terrible fléau.

hôpitaux, les prisons, les séminaires, les maisons d'éduca-
ion, les asiles et les évêchés ont été épargnés. Les cas se
sont produits isolément ou à peu près.

La contagion *directe* n'a pas fourni d'exemples aussi
certains que ceux qui ont été observés par nous-même en
1832. Les 208 cholériques, qui ont été amenés dans les
deux hôpitaux, n'ont pas causé de nouveaux cas pris dans
la population ordinaire de ces établissements. Il en a été
remarqué ailleurs, m'a-t-on assuré.

Tout est mystérieux et inexplicable dans les épidémies,
là où elles s'abattent. C'est ce qui nous a fait dire dans
notre rapport sur la variole de 1864-65, ces paroles, qui
peuvent s'appliquer ici (V. p. 6) : « Un fait que nous avons
remarqué dans cette épidémie et qui n'est pas exceptionnel,
c'est qu'au milieu du foyer général, il s'est formé des *foyers
partiels* qui ont duré un temps déterminé, sans qu'on
puisse expliquer clairement comment ils ont commencé,
ni surtout comment ils ont cessé ! »

Remarquons encore que, comme cela est arrivé dans les
autres épidémies, on a observé que le toxique inconnu
n'exerçait parfois son action malfaisante que sur les personnes de la même famille, quel que soit l'âge, ou sur des
personnes d'une même maison, en épargnant des voisins
qui étaient cependant soumis aux mêmes influences locales.

Ces faits nous ont fourni les tristes occasions de voir des
familles entières en deuil, des enfants devenus orphelins,
et là, plus qu'ailleurs, des misères dignes de bien grande
pitié.

Heureusement que, dans ces cas, il a suffi de les signaler
à M. le Préfet, pour qu'aussitôt des consolations et des
ressources aient été apportées par l'intermédiaire de MM. les
maires.

Je m'arrête ici, en répétant ce que disait mon rapport de 1849 :

« Dans cette grande calamité, j'ai eu le bonheur de oir les dévouements se produire parmi les témoins des souffrances des malades, parmi les membres de l'Administration, ainsi que parmi les membres du clergé. De leur côté, les médecins, qui se savaient le plus obligés, ont prodigué leur concours, et chacun a pu voir qu'ils ont servi l'humanité, sans compter ni les fatigues ni les dangers.

Tous les courageux dévoûments dont je viens de parler ont été l'objet d'honorables récompenses ; quelques administrations se sont empressées de leur témoigner leur reconnaissance.

A *Fécamp*, le Conseil municipal a fait une honorable démonstration pour louer le zèle infatigable de Mme veuve Anais (Rose).

A *Orival*, le Conseil municipal a décerné des remerciments :

A M. Lafortune, curé d'Orival ;

A M. et à Mme Henry Quesné ;

A MM. Blay, frères ;

A MM. Bertrand, médecin ; Pain, médecin ; Pron, Lemonnier.

A *Saint-Valery*, le Conseil municipal s'est assemblé pour voter des marques de reconnaissance :

A M. Anquetil, maire ;

A MM. les docteurs Duteurtre, Leloutre et Morel ;

A M. Boilay (Joseph) ; à Mme Jenkins ; à M. Pinçon, commissaire de police ; au garde-champêtre nommé Sevestre ; aux Dames religieuses de la Compassion.

A *Veules*, le Conseil municipal a décerné une médaille d'honneur au bienfaisant M. Dupont, médecin, chez qui l'âge n'a point amoindri le zèle.

Bientôt après la disparition de l'épidémie, le Gouvernement a voulu décerner dans tous les départements affligés, les récompenses honorables dont il dispose ; en ce qui concerne celui de la Seine-Inférieure, nous croyons devoir placer dans ce souvenir de l'épidémie de 1866, ainsi que nous l'avons fait dans ceux de 1832, 1849 et 1854, les noms qui ont été le plus distingués.

Le *Moniteur* du 20 mars a annoncé qu'il était décerné des médailles d'or de première classe :

A M. le Dr Alfred Vy, d'Elbeuf, qui s'est distingué durant les diverses épidémies qni ont sévi dans le canton d'Elbeuf, et pendant la dernière épidémie s'est multiplié avec un zèle et un désintéresssement des plus louables.

A M. Dupont, de Veules, qui, dès l'apparition du choléra, a abandonné sa clientèle pour se consacrer entièrement aux malades ; a su faire face, malgré son âge avancé (soixante-dix ans), à tous les besoins et relever le moral de la population.

A M. Leseigneur, maire de Veules, qui a montré une grande énergie et un dévoûment remarquable pendant l'épidémie, et a mérité par sa conduite la reconnaissance publique.

A M. le Dr Pigné, médecin et maire de Lillebonne, qui, comme maire et comme médecin, a déployé un zèle infatigable et a puissamment contribué à arrêter les progrès de l'épidémie.

MÉDAILLES D'ARGENT DE PREMIÈRE CLASSE.

A M. Anquetil, maire de Saint-Valery, qui n'a pas cessé de combattre le fléau, soit en faisant disparaître les causes

d'insalubrité, soit en visitant les malades et en leur distri-
buant des secours.

A Mme Rose Lachèvre, veuve Anais, qui, comme garde-
malade à Fécamp, a donné les soins les plus dévoués aux
ouvriers atteints par la maladie, allant sans relâche les vi-
siter, recueillant leurs enfants, se dépouillant de ses vête-
ments pour en couvrir les malades.

A M. Heullant, maire de Saint-Pierre-lès-Elbeuf, qui a
prescrit avec beaucoup d'intelligence les secours propres à
diminuer le danger; a visité les cholériques et a organisé
une souscription pour venir en aide aux malades ou à leurs
familles.

A M. Maupas, directeur des hospices de Rouen, qui a
fait preuve d'un zèle éclairé et d'un grand dévoûment dans
l'organisation des secours, et puissamment contribué à
relever le moral de la population.

Depuis, des lettres de remercîments et de félicitations
ont été adressées en termes honorables, de la part de Son
Excellence le Ministre, par M. le Préfet.

Voici la liste des personnes auxquelles ces lettres ont été
adressées :

MM. les Drs Bisson, à Caudebec-lès-Elbeuf.

       Bertrand, à Elbeuf.

       Caneaux, à Rouen.

       Crouzet, à Rouen.

       Daubeuf, à Rouen.

       Dumesnil, directeur de l'Asile de Quatre-
          Mares.

       Fauvel, à Pavilly.

       Gressent, à Rouen.

       Hélot, à Rouen.

MM. les Drs Lallemand, à Dieppe.

Leloutre, à Saint-Valery.

Lecoq, à Yvetot.

Leroy, à Rouen.

Leudet, à Rouen.

Morel, à Saint-Valery.

Murelle, à Rouen.

Vautier, à Oïssel.

Vingtrinier, à Rouen.

MM. Gros, sous-préfet du Havre.

Mme la supérieure de l'hospice du Havre.

MM. Tourné, commissaire central au Havre.

Pinçon, commissaire de police, à Saint-Valery.

Henri Quesné, député, à Elbeuf.

Buée, maire d'Elbeuf.

Gosselin, curé de l'Immaculée-Conception, à Elbeuf.

L'abbé Guérin, vicaire de Saint-Etienne, à Elbeuf.

L'abbé Simon, vicaire de Saint-Jean, à Elbeuf.

Lafortune, curé d'Orival.

Blay, propriétaire à Orival.

Lemonnier, adjoint au maire d'Orival.

Girard, commissaire central, à Rouen.

Lacheray, adjoint au maire de Pavilly.

Delalandre, curé de Pavilly.

Chauvain, commissaire central, à Elbeuf.

Chistel, commissaire de police, à Rouen.

Duprey, pharmacien, à Rouen.

Pain, médecin, à Saint-Aubin-Jouxt-Boulleng.

Pion, à Orival.

Duteurtre, médecin, à Saint-Valery.

Joseph Boilay, à Saint-Valery.

Sevestre, garde-champêtre, à Saint-Valery.

Boudin, médecin, à Rouen.

Ducrot, idem.

L'abbé Forbras, curé de Saint-Vivien, de Rouen.

Lefebvre, médecin, à Rouen.

Gaillard, idem.

Varambaut, commissaire de police, à Saint-Sever (Rouen).

Personne, brigadier de sergents de ville, à Rouen.

Fauvel fils, interne, à Rouen.

De Prez-Crassier, interne, au Havre.

Nicolas, dit Auvert, idem.

Mme Jenkins, à Saint-Valery.

MM^mes les Religieuses de la Compassion, à Saint-Valery.

Les Sœurs de l'Hôtel-Dieu et de l'Hospice de Rouen.

La sœur Caraman et les religieuses de son ordre.

Extrait du *Bulletin des Travaux du Conseil central d'Hygiène publique de la Seine-Inférieure*, année 1866.

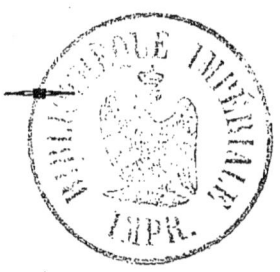

Rouen. Imp. H. Boissel, rue de la Vicomté, 55.

www.ingramcontent.com/pod-product-compliance
Lightning Source LLC
Chambersburg PA
CBHW061604180626
46818CB00005B/1947